COMTE DE CHOISEUL-DAILLECOURT

SOUVENIRS

POÉSIES

DEUXIÈME PARTIE

PARIS
AMYOT, RUE DE LA PAIX
1866

COMTE DE CHOISEUL-DAILLECOURT

SOUVENIRS

POÉSIES

DEUXIÈME PARTIE

PARIS
AMYOT, RUE DE LA PAIX

1866

TIRÉ A 200 EXEMPLAIRES

12 sur papier vergé.

Paris. — Impr. de Ad. Lainé et J. Havard, r. des Saints-Pères, 19.

LIVRE I

ÉLÉGIES

ART ET POÉSIE

La fleur du printemps se flétrit, la neige se fond, l'homme meurt, les héros sont oubliés, les dynasties se renouvellent, les États croulent, le monde change, et cependant, après deux mille ans, le poëme d'Homère est là ; après des siècles les tableaux de Raphaël sont payés au poids de l'or, et un fragment d'une belle statue grecque est conservé dans un musée comme un trésor inestimable. — Heureux le peintre qui sait fasciner nos yeux par la pureté des contours et par l'éclat des couleurs ! Heureux le poëte qui sait s'emparer des cœurs par le charme de ses vers, et par la beauté de ses sentiments ! ils peuvent mourir ; leurs noms ne meurent pas.

FIÈVRE BRULANTE.

ÉLÉGIE

A ÉMILE DESCHAMPS

Un feu terrible me dévore !
Et lorsque mes membres lassés
Disent : C'est assez, c'est assez,
Mon âme dit : Non ! — marche encore.

C'est en vain que, durant le jour,
M'invite en souriant la Muse ;
Jamais poëte ne s'amuse
Qu'à chanter son premier amour.

C'est en vain, en vain, qu'à la chasse,
Errant par les monts et les vaux,
Je fatigue hommes et chevaux
Pour suivre un chevreuil à la trace.

C'est en vain que, la nuit, au bal,
Je vois de blondes jeunes filles
Danser d'harmonieux quadrilles,
Pendant le bruyant carnaval.

Toujours l'inconnu me dévore !
Et lorsque mes membres lassés
Disent : C'est assez, c'est assez,
Mon âme dit : Oh ! cherche encore.

Et c'est en vain que vers le soir,
Rêveur, je pâlis sur un livre,
Quand le vent, la grêle et le givre
S'abattent sur mon vieux manoir.

Et c'est en vain que je voyage,
Quand l'été dore les moissons;
Partout j'entends les mêmes sons,
Partout je vois la même plage.

En vain passent devant mes yeux
Les bois, les prés et les campagnes.
Et les ravins, et les montagnes
Qui vont se perdre dans les cieux.

Jamais le feu qui me dévore
N'épargne mes membres lassés;
Mon âme dit : Va ! — cherche encore
Sans jamais dire : C'est assez...

ELLE ME DIT UN SOIR :

Ne m'aime pas pour ma beauté,
Bien que de ma grâce on s'étonne;
Le soleil est plus beau lorsqu'il brille en été,
Le couchant est plus beau par un doux soir d'automne.

Ne m'aime pas pour ma fraîcheur,
Aime le lis, aime la rose ;
Aime encor le printemps qui fait naître la fleur,
Aime l'étoile d'or durant la nuit éclose.

Ne m'aime pas pour mes grands yeux,
Ni pour ma blonde chevelure;
Bien plus bleu que mon œil est l'azur vif des cieux,
Plus blonds sont les épis quand la moisson est mûre.

Mais aime-moi pour mon amour !
Et je ne crains alors ni les lis, ni les roses
Aux brises du matin écloses,
Ni l'astre radieux qui nous donne le jour.

UN RÊVE

Je rêvais l'autre nuit, et ce rêve était doux,
Que nous étions ensemble;
Assis sous de grands bois, à l'ombre d'un vieux tremble,
Ma main sur tes genoux.

Et le ciel était pur, et la terre était belle,
On était au printemps,
Alors que dans les prés, alors que dans les champs
La verdure est nouvelle.

Le pinson, la fauvette et le bouvreuil chantaient,
Et la grise hirondelle,
Rasant l'eau des étangs, volait à tire d'aile,
Et les cloches tintaient.

D'une charmante voix, tu me dis, Herminie,
En regardant les cieux,
Et deux larmes voilaient l'azur de tes beaux yeux :
« Ma joie est infinie !

« Car l'aube est souriante et clair sera le jour,
« Jour d'ivresse où l'on aime.
« Vois l'abeille et l'oiseau, vois la fleur elle-même,
« Tous frémissants d'amour. »

A ce mot, mon cœur bat, à ce mot, je me lève
En effleurant ta main.
Je me jette à tes pieds... O réveil inhumain!
Tout fuit, — c'était un rêve!

SON NOM

Oui! je veux, moi, te faire une couronne,
D'un or si pur, que ton doux nom rayonne
Plus doux encor, dans un long avenir;
Et si tu dis: Que veux-tu que je donne
Pour tant d'amour? Je te dirai: Pardonne,
De toi je veux — un tendre souvenir.

A HERMINIE

POUR AVOIR DE TES CHEVEUX

Je donnerais, si tu le veux,
Mon château fort sur la montagne
Et mes prés verts dans la campagne
Pour avoir de tes blonds cheveux.

Je donnerais, si tu le veux,
Ma jument de chasse irlandaise,
Ma blanche levrette écossaise,
Pour avoir de tes blonds cheveux.

Je donnerais, si tu le veux,
O ma trop charmante Herminie,
Les jours les plus beaux de ma vie
Pour avoir de tes blonds cheveux.

« Non! ce n'est pas pour des campagnes,
« Ni pour des châteaux fastueux,
« Ni pour des bois, ni des montagnes,
« Que je donnerais mes cheveux.

« Mais je donnerai, si tu veux,
« Qui blâmerait ma fantaisie?
« Une boucle de mes cheveux
« Pour un rayon de poésie. »

DEUX FLEURS CACHÉES

J'aperçus l'autre soir deux ravissantes choses,
Que trop souvent au bal vous cachez à nos yeux:
On dirait deux lis blancs avec deux boutons roses.
Ainsi l'on aime à voir resplendir dans les cieux
Les étoiles d'argent durant la nuit écloses.

JE PORTE ENVIE

Je porte envie à mon cheval
Que si gentiment tu caresses;
Au ruban rose ou bleu qui s'entremêle aux tresses
De tes fins cheveux blonds, lorsque tu vas au bal.

A ce bracelet d'or qui ton bras environne,
A ce petit oiseau qui ton beau front couronne,
A ce voile léger qui cache tes doux yeux,
Dont l'azur est plus vif que l'azur de nos cieux.

Je porte envie au fruit qui se fond dans ta bouche,
Au parfum qui te charme, à l'herbe qui te touche;
Que ne suis-je la roche où parfois tu t'assieds !
Que ne suis-je la fleur que tu foules aux pieds !

LE DÉPART

Lorsque je songe au jour qui doit nous séparer,
Je sens mes yeux s'emplir de larmes ;
Mon cœur ému se plaint et d'étranges alarmes
Viennent s'en emparer.

Déjà s'avance, hélas! cette heure douloureuse,
Qui pour longtemps m'arrache à toi;
Déjà, mon Dieu! déjà cette pensée affreuse
Vient me saisir d'effroi.

Accablé de douleur, vaincu par la tristesse,
Vers toi je tendrai cette main;
Elle attendra tremblante un gage de tendresse
Alors, alors en vain.

Tu restes et je pars; quelques moments encore,
Ah! demain, peut-être demain,
Te chercherai-je, hélas! au lever de l'aurore,
Hélas! hélas, en vain!

Oh! toi que j'aime tant, oh! jamais ne m'oublie,
Souviens-toi de moi par pitié;
Et que toujours, toujours, autant que notre vie
Dure notre amitié.

LA PERLE

A MA SŒUR BLANCHE

J'étais malade, un jour, t'en souviens-tu, ma sœur
Triste, découragé, n'ayant plus d'espérance,
Je te parlais de ma souffrance;
Dans ton œil bleu plein de douceur
J'aperçus briller une larme;
Larme d'amour, larme du cœur!
Et tu me dis, non sans alarme :
« Quand nous accable la douleur
Prier Dieu, parfois le désarme. »

Un ange vint du ciel recueillir cette larme,
Il en fit une perle et la mit devant moi,
Puis il me dit avec ce sourire qui charme :
« Il faut te souvenir qu'on la versa pour toi. »

Et moi, je te donnai cette perle en échange,
A bon droit elle t'appartient,
Et toujours, depuis lors, toujours il me souvient
De ton sage propos, de la larme et de l'ange.

OU SONT-ELLES ?

(Mais où sont les neiges d'antan ?)

VILLON.

Oh ! dites-moi dans quel séjour
Flora, la brune Italienne,
Goûte les douceurs de l'amour?
Et Marguerite et Julienne?
Mais où sont les fleurs de nos champs ?
Où sont les roses du printemps ?

Où faut-il chercher Idalie,
Aux yeux si noirs, aux blonds cheveux,
Qui rougissait à nos aveux?
Puis la blanche et fraîche Amélie
Que jeune alors si fort j'aimai !...
Mais où sont les roses de mai?

Où sont donc les femmes charmantes
Que j'adorais au temps jadis,
Toujours belles et souriantes
Comme étoiles du paradis ?
O douleur ! douleur trop amère !
Regarde, — elles sont là, sous terre.

AMBITION DU POÈTE

Ce qui donne au poëte un sublime courage
Pour chanter nuit et jour ;
Ce qui le fait rêver en parcourant la plage,
C'est peut-être l'amour.

Ce n'est pas, croyez-moi, le vain désir de plaire
Aux puissants de la cour
Qui le fait soupirer au bord d'une onde claire,
C'est encore l'amour.

Ce n'est pas par orgueil, ce n'est pas pour la gloire
Qu'il vit seul dans sa tour ;
Il ne demande pas une page à l'histoire,
Mais des pleurs à l'amour.

Et, pour un seul regard de la beauté qu'il aime,
Le pauvre troubadour
Donnerait son renom et sa vie elle-même :
N'est-ce pas de l'amour?

L'amour est ce qu'il cherche, oui, l'amour est un rêve,
Qu'il poursuit sans détour.
Il monte, il monte encore et sans cesse s'élève
Vers l'idéal amour.

QUATRAIN

Le cygne blanc, avant qu'il meure,
Fait entendre, dit-on, des sons mélodieux ;
Le poëte mourant, quand vient sa dernière heure,
Trouve des chants dignes des dieux.

PRIÈRE

Ne permets pas, mon Dieu, que je meure en hiver !
Il doit faire si froid au fond de cette tombe,
Lorsque souffle le vent et que la neige tombe,
Lorsque l'herbe jaunit et que plus rien n'est vert.

S'il est triste, mon Dieu, de mourir en automne,
Quand la feuille s'envole et que le fruit mûrit ;
Qu'un rayon de soleil tristement nous sourit
A travers le brouillard qui rend tout monotone ;

Et s'il est triste encor de mourir au printemps,
Lorsque la brise est douce et qu'elle nous enchante,
Que s'entr'ouvre la fleur, que le rossignol chante ;
Mieux vaut mourir alors, qu'aux jours des noirs autans.

Lorsque mugit le vent et que la neige tombe,
Que le cri des corbeaux nous annonce l'hiver,
Lorsque l'herbe jaunit et que plus rien n'est vert,
Il doit faire si froid au fond de cette tombe !

31 décembre 1865.

LIVRE II

POÉSIES DIVERSES

LE POÈTE

Le poëte chante tout ce qui est beau dans la nature : le ciel avec ses milliers d'étoiles, la mer avec ses vagues écumantes, le printemps qui fait naître la primevère, et l'hiver qui fait mugir les tempêtes. Il aime à voir la brune au regard étincelant et la blonde aux yeux d'azur, l'Anglaise au teint de lis et de rose, et l'Espagnole aux noirs cheveux; il admire la duchesse qui passe nonchalamment couchée dans sa calèche, puis il rêve à la jeune fille qui descend vive et légère le sentier de la montagne.

LA BELLE JUIVE

Je me promenais à Venise,
Seul, sur la riva Schiavoni;
Une juive y passait, — cela vous scandalise?
Qui mal y pense soit honni!

Or je vis passer cette juive
Sur le grand quai de cette rive;
Et chacun ébloui s'arrêtait pour mieux voir
Les longs cils qui voilaient l'éclat de son œil noir.

Juive, musulmane ou chrétienne,
Andalouse ou Vénitienne,
Oh ! combien je voudrais, me dis-je plein d'émoi,
Te voir marcher ainsi, tout un jour devant moi!

Vous en rirez bien, je le pense,
Vous autres amoureux de France;
Mais, si vous aviez vu passer là-bas le soir
Cette juive superbe avec son œil si noir,
Comme moi vous diriez : Honni qui mal y pense!

CHANSON DU PARISIEN

Lorsqu'au fond des bois
   Je bois
Sauterne et champagne,
— Vive la campagne !

J'aime bien, le soir,
   A voir
Fille de Bretagne
Courant la campagne.

Sitôt qu'un soleil
   Vermeil
Dore la montagne,
Je bats la campagne.

Mais dès que le vent
 Mouvant
Siffle fort et gagne
La froide campagne,

Vive, alors, Paris,
 Amis !
Pays de cocagne ;
— Adieu la campagne !

LA VIE

Poëte, la vie
 Te convie
A cueillir des fleurs ;
 Tu meurs.

LE MONDE IDÉAL

Dans ce monde imaginaire,
Je trouve vertu, bonté,
Que je cherche en vain sur terre
En ce siècle trop vanté.
J'y trouve femme peu fière,
Possédant grâce et beauté ;
J'y vois l'amant toujours tendre,
Aimable, discret, constant,
Et, ce qui doit bien surprendre
De nos jours, en y songeant,
On compte pour rien l'argent.
Lors, je dis du fond de l'âme :
(Surtout qu'aucun ne m'en blâme)
Oh ! que ce monde est charmant !
Oui, là-bas je voudrais vivre,
Et, si le bonheur rend ivre,
Mourir un soir en rêvant.

A PROPOS D'UN CADRE

Faut-il vous implorer sur un plus grave ton ?
Je vous dirais alors : Coupable est qui retranche
Son calice d'azur à la frêle pervenche ;
Au doux nid, son duvet ; — à la fleur, son bouton.

N'ôtez pas, n'ôtez pas à cette jeune fille
Amoureuse du bal, son collier d'or qui brille,
Ainsi qu'on voit briller l'étoile au firmament ;
Ne lui ravissez pas son plus cher ornement.

Qui donc s'aviserait de ravir à l'escadre
Son pavillon flottant, au soldat son drapeau ?
Et vous iriez ravir à ce pauvre tableau
Son cercle d'or sculpté qui richement l'encadre !

DISCORDANCE

Au doux chant de Philomèle
Se mêle
Le glapissement
De la chouette,
L'aigre grincement
D'une girouette
Qu'agite le vent !

Des noirs cheveux d'Isabelle
La belle
S'en échappe un blanc,
Et la campagne
De la riche Espagne
Vient mourir au flanc
De l'âpre montagne.

A cet enfant le sort
Va-t-il sourire ?...
La mort
Soudain l'attire.

Mais on voit le noir destin
Passer à côté de l'homme
Qui soupire après la fin
De son triste somme.

Ici-bas, la vie et la mort,
Tout est discord.

RÉPONSE

AU MARQUIS DE M***.

Un indiscret me dit un jour :
« Je donnerais, Monsieur, croyez-le, tout au monde
« Pour connaître la beauté blonde
« Que vous chantez si bien et qui fait votre amour. »

Je lui répondis : « Cher comte,
« Oh ! n'en prenez nul souci,
« Car sachez, en fin de compte,
« Que parfois je chante aussi,
« Lorsque la rime m'y pousse,
« La brune et même la rousse. »

Je vous donne, marquis, en deux mots le secret
De vous débarrasser d'un causeur indiscret. —
Mais à vous je dirai que la blonde Herminie
Est celle qui m'inspire un harmonieux chant.
Son sourire est malin, son regard est touchant,
Légère est sa démarche et sa grâce infinie.

POURQUOI

LE CIEL EN ANGLETERRE EST-IL GRIS ?

Savez-vous bien, ma chère,
Pourquoi le ciel est gris
Dans la verte Angleterre ?...
C'est que l'Anglaise a pris,
Voilà tout le mystère,
L'azur si doux des cieux
Pour ses grands et beaux yeux.
. . . .
« Que n'avons-nous, mon frère,
« Le ciel de l'Angleterre ! »
. . . .
Tu veux dire, ma chère,
Alors je comprends mieux :
Que n'avons-nous les yeux
Des femmes d'Angleterre !

ENVOI

Donc un beau jour, ne sachant trop que faire,
(Est-ce permis, lorsqu'à tous on sait plaire?)
Un sot roman fut par vous acheté,
D'une main nonchalante un instant feuilleté,
Et puis avec ennui dans un coin rejeté.

Si cet auteur vous eût connu, Madame,
Votre dédain, votre blâme.
Eussent mis à coup sûr mille morts dans son âme ;
Déplaire à vos beaux yeux,
Vous paraître ennuyeux,
Quelle horreur — justes dieux!

Je suis hardi peut-être
De vous envoyer quelques vers,
Écrits sans art et rimés de travers ;
Un souvenir charmant, Madame, les fit naître ;
Puisse-t-il leur échoir un destin plus heureux
Qu'à ce maudit roman : — car il serait affreux,
Pour l'auteur et pour eux,
De voir avec ennui s'en détourner vos yeux.

SOUVENIRS D'UN MATELOT

Quand, jeune encor, je parcourais les mers,
En large, en long, de biais, de travers,
J'avais sur mon navire une folle maîtresse :
C'était une négresse.
. . . .
Ne riez pas, amis ; amis, ne riez pas !
Car elle était plus belle
Que mainte demoiselle
Dont vous suivez les pas ;
Sans châle, sans dentelle,
Elle charmait les yeux ;
Bien mieux !
Sans fard, sans crinoline,
Elle gagnait les cœurs.
Nous autres matelots, en main la mandoline,
A ses pieds nous chantions ses louanges en chœurs ;
— Que le ciel était beau tout parsemé d'étoiles,
Quand la brise des nuits faisait gonfler nos voiles !

LA FRANÇAISE

La Française a de l'esprit,
Comme aucune elle sourit ;
De son maintien, de sa grâce,
Certes ! je ne parle pas ; —
On répète à chaque pas :
Nulle autre ne la surpasse,
Et son goût est si parfait
Qu'on murmure stupéfait :
Sans égale est la Française ! —
J'aime fort qu'elle vous plaise ;
Seulement, son air moqueur
Ne me va pas droit au cœur.
Quels regards sous sa voilette !!!
Direz-vous qu'à sa toilette
Sont dus ses brillants succès,
Et qu'elle est un peu coquette ? —
. . . .
Non pas, Milord, non ! — j'étais
Loin d'y penser, — je me tais ;
Tels soupçons seraient infâmes...
Vous le voyez bien, Mesdames,
Je suis chevalier français !

TABLE

LIVRE I

ÉLÉGIES

	Pages.
Art et Poésie.	4
Fièvre brûlante.	5
Elle me dit un soir :	8
Un Rêve.	9
Son Nom.	10
Pour avoir de tes cheveux.	11
Deux Fleurs cachées.	12
Je porte envie.	13
Le Départ.	14
La Perle.	16
Où sont-elles ?	17
Ambition du poëte.	18
Quatrain.	19
Prière.	20

LIVRE II

POÉSIES DIVERSES

	Pages.
Le Poète.	22
La Belle Juive.	23
Chanson du Parisien.	24
La Vie.	25
Le Monde idéal.	26
A propos d'un cadre.	27
Discordance.	28
Réponse au marquis de M***.	30
Pourquoi le ciel en Angleterre est-il gris ? . . .	31
Envoi.	32
Souvenirs d'un Matelot.	33
La Française.	34

FIN DE LA TABLE.

www.ingramcontent.com/pod-product-compliance
Ingram Content Group UK Ltd.
Pitfield, Milton Keynes, MK11 3LW, UK
UKHW032017260826
14628UKWH00006B/2536

9 782019 695811